This is awarded to

Richard Nghiem

for outstanding performance in

French 20

WEBBER ACADEMY
On To Excellence

Ce livre appartient à

_____

L'univers de Munsch

D'autres histoires de Robert Munsch

Illustrations de
Michael Martchenko
Alan et Lea Daniel

Texte français de
Christiane Duchesne
Marie-Andrée Clermont

Éditions Scholastic

Catalogage avant publication de Bibliothèque et Archives Canada

Munsch, Robert N., 1945-

[Much more Munsch. Français]

L'univers de Munsch / illustrations de Michael Martchenko, Alan Daniel
et Lea Daniel; texte français de Marie-Andrée Clermont et Christiane Duchesne.

Traduction de : Much more Munsch.

Comprend des poèmes inédits.

Sommaire : On partage tout! — La tignasse de Max — Marilou casse-cou —
     Maquillage à gogo — Une maison pour rire.

ISBN 978-0-439-93572-2

     I. Martchenko, Michael II. Daniel, Alan, 1939- III. Daniel, Lea
IV. Clermont, Marie-Andrée V. Duchesne, Christiane, 1949- VI. Titre.
VII. Titre: Much more Munsch. Français.

PS8576.U575M8314 2007   jC813'.54   C2007-902759-8

Édition publiée par les Éditions Scholastic, 604, rue King Ouest,
Toronto (Ontario) M5V 1E1 CANADA.

8 7 6 5 4   Imprimé à Singapour 46   12 13 14 15 16

Table des matières

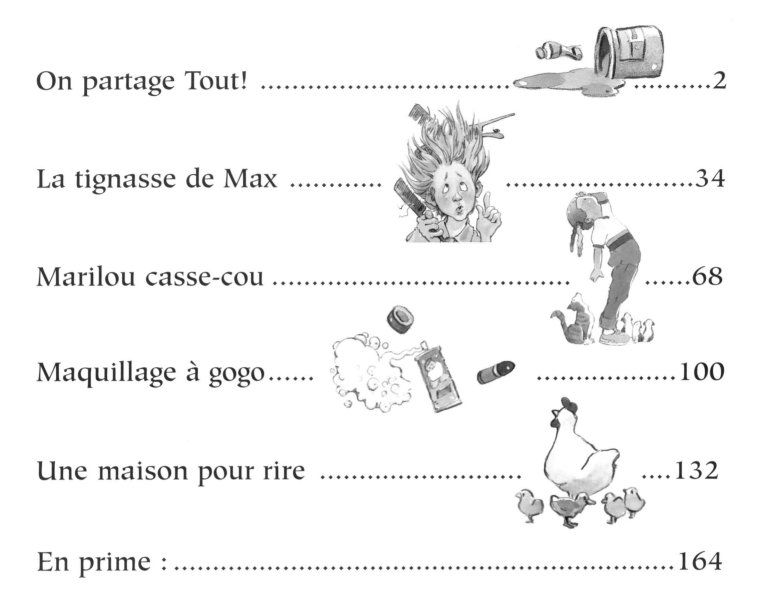

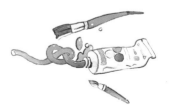

À Amanda McCusker
et Jeremiah Williams,
de Pontiac, au Michigan
—R.M.

On partage TOUT!

illustrations de **Michael Martchenko**

Le premier jour d'école,

ne sachant pas quoi faire,

Amanda et Jérémie entrent dans la classe de maternelle. Amanda prend un livre.

Jérémie vient la rejoindre et lui dit :

— Donne-moi le livre.

— Non, je ne te donnerai pas le livre, dit Amanda. Je le regarde.

Jérémie décide d'utiliser la méthode de son petit frère.

— Si tu ne me donnes pas ce livre, je crie et je hurle!

— Tant pis pour toi! dit Amanda.

Alors Jérémie ouvre la bouche et crie très fort.

— AAAAAAAAAHHH!

Amanda lui coince le livre dans la bouche.

BLOMP!

— **Gniac!** fait Jérémie.

L'enseignante arrive en courant.
— Écoutez bien, dit-elle.
Nous sommes à la maternelle.
Et à la maternelle, on partage tout.
— Ça va, ça va, ça va,
disent Jérémie et Amanda.

Jérémie commence à construire une tour avec des cubes.

Amanda s'approche.

— Donne-moi les cubes! dit-elle.

— Non, je ne te donnerai pas les cubes. Je construis une tour.

Amanda décide d'utiliser la méthode de son grand frère.

— Si tu ne me donnes pas les cubes, je démolis ta tour!

— Tant pis pour toi! dit Jérémie.

Alors Amanda donne un grand coup de pied dans la tour.

PAF!

Les cubes s'écrasent partout sur le plancher.

Ooooh!

Aaaah!

Aïe!

Ooooh! Aïe!

Aaaah!

Aïe!

L'enseignante arrive en courant.

— Écoutez bien, dit-elle.
Nous sommes à la maternelle.
Et à la maternelle, on partage
tout.

— Ça va, ça va, ça va,
disent Amanda et Jérémie.

Jérémie et Amanda décident
de faire de la peinture.

— C'est moi le premier! dit Jérémie.

— Non, c'est moi, dit Amanda.

— Si tu ne me laisses pas être le premier,
je crie et je hurle! dit Jérémie.

— Tant pis pour toi, dit Amanda.

Jérémie et Amanda commencent en
même temps, et la peinture vole à travers
la pièce.

Jérémie crie du plus fort qu'il peut.

— AAAAAAAHHHHH!

L'enseignante et tous les
enfants arrivent en courant.
— Écoutez bien, disent-ils.
Nous sommes à la maternelle.
Et à la maternelle, on partage tout.

Jérémie regarde Amanda.

— Amanda, nous devons tout partager. Qu'est-ce qu'on partage?

— Je ne sais pas, dit Amanda. Nos... euh... nos chaussures?

— Bonne idée, dit Jérémie.

Ils échangent leurs chaussures.

— Regarde-moi ça! fait Jérémie. Des chaussures roses qui me vont comme un gant. Maman ne m'a jamais acheté de chaussures roses. Super! On partage! Qu'est-ce qu'on échange? On échange nos chandails?

Ils échangent leurs chandails.

— Regarde-moi ça! dit Jérémie. Un chandail rose! Pas un garçon de la maternelle n'a de chandail rose.

— Super! dit Amanda. C'est amusant.
On partage! On échange nos pantalons?

Ils échangent donc leurs pantalons.

— Oh là là! crie Jérémie. Un pantalon
rose! C'est chouette...

À ce moment-là, l'enseignante revient.

— Jérémie et Amanda! Vous partagez tout,
vous apprenez les règles de la maternelle,
vous vous comportez comme des grands...
J'aime beaucoup ton... pantalon rose?
Jérémie, où as-tu pris ce pantalon rose?

— Oh! fait Jérémie. Amanda et moi, nous
échangeons nos vêtements.

— Qu'avez-vous fait? crie l'enseignante.
Qui vous a dit que vous pouviez échanger vos
vêtements?

Et tous les enfants
s'exclament en chœur :
— Écoutez bien!
Nous sommes à la maternelle.
Et à la maternelle,
on partage...

— ... on partage tout!

On partage TOUT!

En 1998, j'ai reçu une gentille lettre d'une maternelle de Pontiac, au Michigan et j'ai décidé d'aller y faire un tour. Cette maternelle était aux prises avec un problème intéressant nommé Jérémiah (Jérémie dans la version française de l'album). Ses souliers étant trop grands pour lui, le petit bonhomme avait trouvé une solution toute simple pour régler la question : chaque matin, en arrivant à la maternelle, il commençait par changer ses souliers contre ceux d'un autre enfant mais sans lui faire part de ce « partage ». Il se contentait de faire le tour de la pièce jusqu'à ce qu'il trouve des souliers à son goût. Il en a découlé pas mal de chicanes, mais c'est ce qui m'a donné l'idée de raconter l'histoire d'un enfant amateur d'échanges de souliers, et de fil en aiguille, mon personnage est devenu un enfant qui partage TOUT.

Amanda a abouti dans le récit parce que c'est sa famille qui m'a accueilli pendant mon séjour à Pontiac. L'enseignante avait imaginé un jeu de hasard pour déterminer chez qui j'irais rester, et c'est Amanda qui a gagné. Elle était très contente de se retrouver dans l'album, tout en précisant clairement qu'elle et Jérémie n'avaient jamais vraiment échangé leurs vêtements – leurs souliers seulement – et c'était l'idée de Jérémie.

— R.M.

Ce livre est dédié à Aaron Riches, dont j'étais l'enseignant à la maternelle, en 1980. À Miriam et Leah Riches, ses sœurs. À Bill et Judy Riches, son papa et sa maman. Au centre-ville de Guelph, en Ontario, à sa fontaine et sa statue. Aux policiers de Guelph, qui me donnaient toujours des contraventions et qui essayaient de protéger la statue contre les enfants de Guelph.

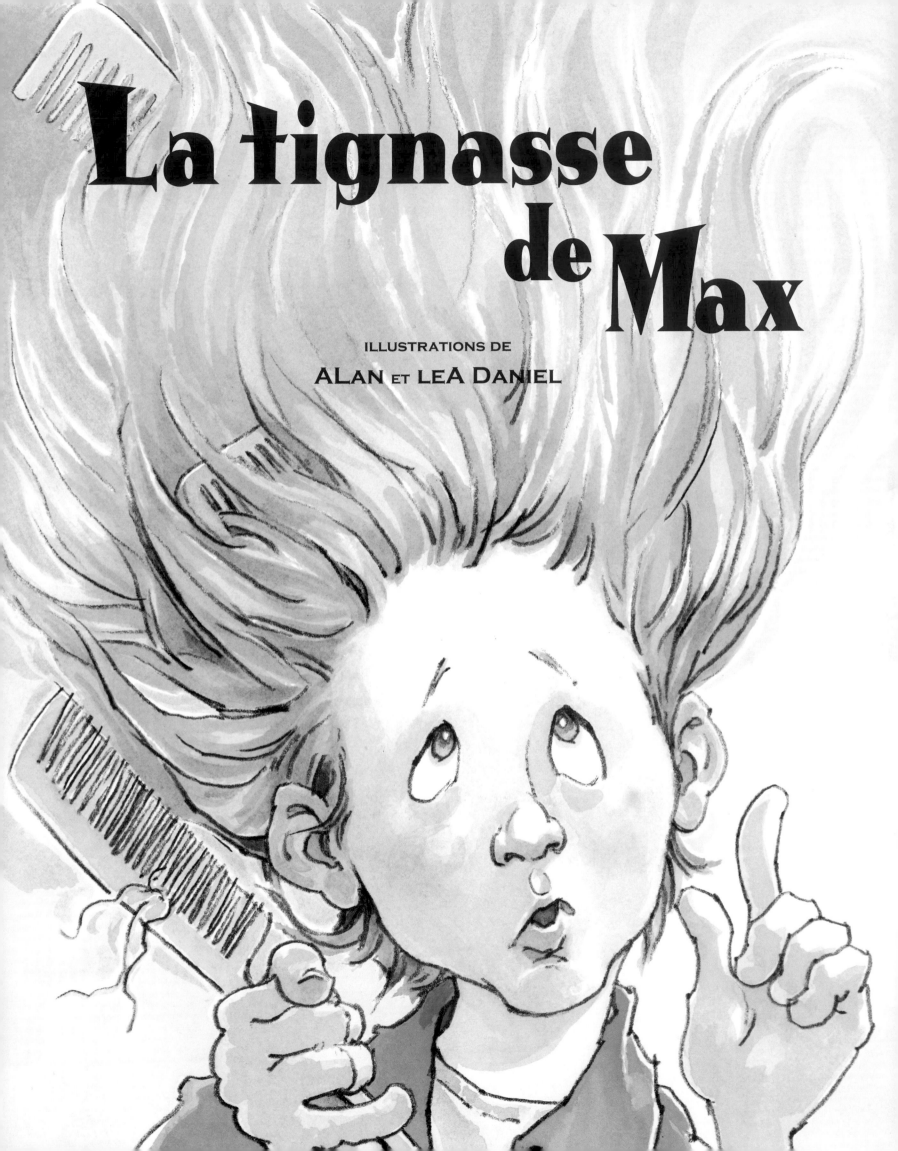

La tignasse de Max

ILLUSTRATIONS DE

ALan ET LeA Daniel

Max veut ressembler à son papa.
Il décide donc de laisser pousser ses cheveux…
et c'est là que les problèmes commencent.

S'il les peigne vers le haut,
ses cheveux retombent.

S'il les peigne vers le bas,
ses cheveux remontent.

S'il les peigne sur la gauche,
ils vont vers la droite.

S'il les peigne sur la droite,
ils vont à gauche.

Un jour, pendant qu'il se peigne, Max se fâche très fort.

« CHEVEUX, JE VOUS DÉTESTE ! »

38

Les cheveux ne sont pas très contents. Alors, ils sautent de la tête de Max et sortent à toute allure de la salle de bain.

« Max, tu es chauve! Que s'est-il passé? » lui demande sa maman lorsqu'il arrive en bas.

« Mes cheveux se sont enfuis, répond Max. Je me suis fâché, et ils se sont sauvés. »

« C'est épouvantable! » s'écrie sa maman.
« Va les rattraper! »

Alors, Max sort en trombe pendant que sa mère va chercher le bébé.

Elle remarque que le bébé a beaucoup de cheveux.

« Max! crie-t-elle.
J'ai trouvé tes cheveux! »

Mais lorsque Max revient, les cheveux sautent de
la tête du bébé, passent sous la porte et descendent la
rue à toute allure.

Max les poursuit dans la rue, où il
rencontre une dame qui crie et qui hurle :

« AU SECOURS!

À MOI,
À MOI! »

« Que se passe-t-il? »
lui demande Max.

46

« Regarde mon ventre, dit la dame. Ces cheveux ont descendu la rue à toute allure et se sont collés sur mon ventre! »

« Ça fait bizarre », dit Max.

« FAIS-LES PARTIR! » dit la dame.

« Dites-leur de s'en aller, dit Max. Dites-leur que vous ne les aimez pas. »

« CHEVEUX, JE VOUS DÉTESTE! » crie la dame.

Les cheveux quittent aussitôt la dame et partent à toute vitesse, Max à leur poursuite.

Puis, Max rencontre un monsieur qui tourne
en rond en criant :

« AU SECOURS!
À MOI,
À MOI! »

« Que se passe-t-il? » lui demande Max.

« Regarde-moi! dit le monsieur. Ces cheveux
ont descendu la rue à toute allure et se sont collés
à mon pantalon! »

« Ça a l'air un peu bizarre », dit Max.

50

« FAIS-LES PARTIR! » dit le monsieur.

« Dites-leur de s'en aller, dit Max. Dites-leur que vous ne les aimez pas. »

« CHEVEUX, JE VOUS DÉTESTE! » crie le monsieur.

Les cheveux quittent aussitôt le monsieur et partent à toute vitesse, Max à leur poursuite.

Max court ainsi jusqu'au centre-ville. Là, un policier hurle au milieu d'un énorme embouteillage.

« AU SECOURS! À MOI, À MOI! »

Max s'approche du policier.

« Ce sont mes cheveux! » s'écrie-t-il.

« Tes cheveux! » dit le policier. « Ils ont descendu la rue, sont montés le long de mon dos et se sont collés sur mon visage. Je n'y vois plus rien. Je dois diriger la circulation, car il y a TOUT UN EMBOUTEILLAGE! »

53

« C'est vrai, » dit Max.
« Tout un embouteillage!
Il y a dix voitures,
neuf motos,
huit camions,
sept autobus,
six voitures de bébé,
cinq planches à roulettes,
quatre bicyclettes,
trois ambulances,
deux camions de pompiers
et un train. »

« Et mon visage? » dit le policier.

« J'ai des cheveux sur mon visage! »

« Ça a l'air un peu bizarre », dit Max.

« FAIS-LES PARTIR! » hurle le policier.

« Dites-leur de s'en aller, » dit Max.

« Dites-leur que vous ne les aimez pas. »

« CHEVEUX, JE VOUS DÉTESTE! »
crie le policier.

Les cheveux quittent aussitôt le policier et
bondissent au milieu de l'embouteillage.

« Oh, non! » dit Max.

« Je ne les retrouverai jamais! »

« Que se passe-t-il? » demande la chef de police qui vient d'arriver. « Il y a tout un embouteillage! Et qui a mis des cheveux sur la tête de la statue? »

« La statue? » demande Max.

« Oui, la statue au milieu de la fontaine », dit-elle. « La fontaine où vous allez toujours jouer, vous, les enfants! Enlève les cheveux de la statue! »

Alors, Max grimpe sur la statue. Il est sur le point d'attraper ses cheveux, mais voilà qu'ils se sauvent encore! Max les poursuit jusqu'à la maison.

Arrivé là, il ne les trouve nulle part.

« Je suis chauve pour toujours, » dit Max à l'heure du dîner. « Je voudrais tant que mes cheveux reviennent. »

« J'AIME BIEN MES CHEVEUX! »

Les cheveux sautent alors de la tête du papa, sur la table, puis au milieu de la purée de pommes de terre, des pois et du poulet, et se perchent enfin sur la tête de Max.

« Bon! » dit Max. « Et maintenant, si seulement j'avais une barbe, je ressemblerais à papa! »

« Pas de problème ! »
répondent les cheveux.

64

La tignasse de Max

En 1976, je travaillais comme éducateur dans la garderie où le petit Aaron passait la journée. (Aaron est devenu Max dans la version française). Aaron avait toujours la crinière en bataille car ses cheveux étaient très difficiles à peigner. Chose étrange, il nous arrivait parfois en complet-cravate. C'est bien le seul enfant que j'ai vu vêtu ainsi à la garderie. Bien des bouts de chou ont les cheveux ébouriffés à la garderie, mais pas quand ils portent un complet-cravate. J'ai donc imaginé, pour Aaron, une histoire de cheveux dans laquelle sa tignasse prenait la fuite.

Quinze ans plus tard, j'ai retrouvé la trace d'Aaron. Il habitait alors Toronto et dirigeait un groupe de musique rock. Sa tignasse était incroyablement ébouriffée! Encore bien plus que dans son enfance!

— Aaron, lui ai-je demandé, aurais-tu des objections à ce que je fasse un album à partir de mon histoire de cheveux en broussaille?

— Non, a-t-il répondu. Auriez-vous des objections à ce qu'un groupe rock aux cheveux en broussaille joue à son lancement?

C'est ainsi qu'au lancement de l'album qui parle d'une tignasse échevelée, un groupe de musiciens échevelés est venu jouer de la musique forte sous la direction d'un chef à la tignasse échevelée.

— R.M.

Pour Anna James,
de Guelph, en Ontario.
— R.M.

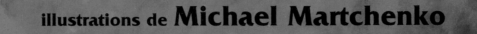

illustrations de **Michael Martchenko**

Marilou
casse-cou

Marilou adore grimper. Un jour, elle entre dans la cuisine et décide d'escalader le frigo.

Elle monte.

Hop, *hop,* *hop,* *hop,* *HOP,* elle grimpe…

… et tombe en plein sur la tête.

— OUILLE!   OUILLE!   OUILLE!

— Attention, dit sa maman de sa plus grosse voix. Il ne faut pas grimper comme ça!

Mais Marilou n'écoute pas. Elle entre dans sa chambre et décide d'escalader sa commode.

Hop, hop, hop, hop, HOP, elle grimpe...

... et tombe en plein sur le ventre.

— OUILLE!   OUILLE!   OUILLE!

Son papa l'aperçoit là, sur le plancher.
— Attention, dit la grosse voix de son papa. Il ne faut pas grimper comme ça!
Marilou décide d'aller dans le jardin : là, on a le droit de grimper.
Et la plus grosse, la plus haute chose à escalader, c'est...

... l'arbre !

Hop, *hop, hop, hop, HOP*   elle grimpe…

… et tombe en plein sur les fesses.

— OUILLE!   OUILLE!   OUILLE!

La deuxième fois, elle est très prudente.

Hop, hop, hop, hop, HOP, elle grimpe...

... jusqu'au sommet de l'arbre.

— Je suis la reine du château!
s'écrie Marilou. Et maman a une
tête d'oiseau!

Sa maman sort de la maison, regarde aux alentours.

Marilou?

Marilou?

Marilou!

Descends de LÀ! dit-elle.

— Non, non, non, non et non, répond Marilou.

Sa maman essaie de grimper dans
l'arbre.

Hop, hop, hop, hop, HOP,
                              elle grimpe…

… et tombe en plein sur la tête.

— OUILLE!   OUILLE!   OUILLE!

— Je suis la reine du château! crie encore Marilou. Et papa est un vieux chameau!

Son papa sort de la maison, regarde aux alentours.

Marilou?
Marilou?
Marilou!

Descends de LÀ! dit-il.

— Non, non, non, non et non, répond Marilou.

Son papa essaie de grimper dans l'arbre.

Hop, *hop,* *hop,* *hop,* *HOP,* il grimpe…

… et tombe en plein sur les fesses.

— OUILLE!   OUILLE!   OUILLE!

Marilou se penche pour regarder ses parents.

Sa maman se tient la tête en faisant

« AAAAAAAAAH! »

Son papa se tient les fesses en faisant

« O^{O}O^{O}O$_O$O^{O}OH! »

Alors, Marilou descend…

descend, descend, descend, descend, descend,

tout le long de l'arbre.

Avec son frère et ses sœurs, elle court
à la maison.

Ils reviennent avec dix énormes
pansements.

Marilou s'approche de sa maman, retire
le papier du pansement,

CROUICHE!

et l'ENROULE-ROULE-ROULE autour
de la tête de sa maman.
— LAAAAAÀ!
Elle se tourne vers son papa, retire
le papier du pansement,

CROUICHE!

et l'ENROULE-ROULE-ROULE autour
des fesses de son papa.

— LAAAAAÀ!

Marilou regarde alors sa maman et son papa, puis elle leur dit de sa plus grosse voix :

— ATTENTION! IL NE FAUT PAS GRIMPER COMME ÇA!

Marilou casse-cou

L'origine de *Marilou casse-cou* remonte à 1975, quand je faisais faire un jeu de doigts aux enfants de la garderie. Je disais : « HOP-HOP-HOP-HOP-HOP-HOP ET ON TOMBE! » en levant les mains et en me laissant tomber ensuite. Les petits faisaient comme moi et adoraient ça – c'était le jeu préféré des bouts de chou de deux ans.

J'ai continué à m'en servir et, petit à petit, le jeu s'est transformé en histoire, tandis que je trouvais diverses façons de l'adapter aux enfants plus vieux. Après environ quatre ans, la version qui se trouve dans l'album a été finalisée. Le dernier changement que j'ai fait, c'est quand j'ai ajouté : « Je suis la reine du château! » Je n'avais cependant pas encore trouvé la vedette de mon histoire.

Anna James habitait près de chez nous et j'ai pensé à elle parce qu'elle était pleine de vie et infatigable. Pas mal plus tard, lorsque l'histoire a fini par devenir un album, Anna faisait partie de l'équipe de basket de son collège et mettait toute son énergie à bondir – HOP! HOP! HOP! – dans les airs.

— R.M.

Pour Julie Munsch,
de Guelph, en Ontario.
— R.M.

Maquillage à gogo

illustrations de
Michael Martchenko

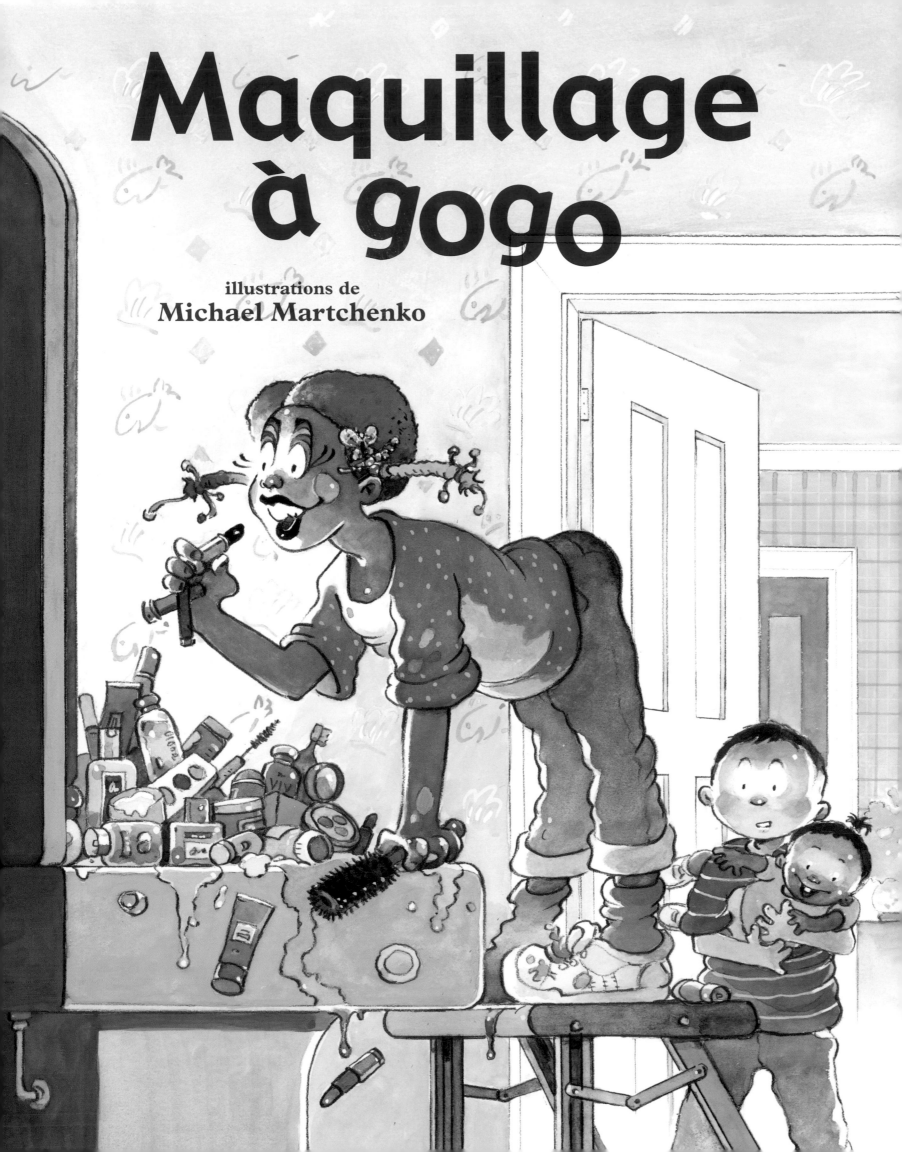

Julie a fait de grosses économies.

Elle a mis de côté les sous qu'elle a reçus à son anniversaire, ceux qu'elle a reçus à Noël et ceux qu'elle a gagnés en livrant les journaux. Elle a aussi pris l'argent dans la tirelire de son petit frère. Tout bien compté, Julie possède cent dollars.

Julie sort, emportant avec
elle sa fortune.

— Où vas-tu, Julie?
demande sa maman.

— Je vais m'acheter du
MAQUILLAAAAAAGE!

— Oh, non! s'écrie sa maman.
Mais Julie ne l'entend même
pas. Elle court à la pharmacie et
dépose son argent sur le comptoir.

— Je veux du rouge à lèvres :
du bleu, du noir, du rose, du
jaune, du rouge, du violet… je
veux toutes les couleurs de
maquillage que vous avez!

Le vendeur lui tend une énorme
boîte de maquillage. Julie la prend,
la rapporte à la maison et s'enferme
dans la salle de bains.

— C'est moi qui serai la plus
BEEEEELLE! dit-elle.

Elle met un peu de violet sur ses yeux. Elle met un peu de vert sur ses joues. Elle met un peu de noir sur ses lèvres. Elle colore ses cheveux en violet. Puis elle met dix-neuf anneaux à l'une de ses oreilles et dix-sept à l'autre.

— Oh! me voilà aussi belle qu'une star de cinéma, dit-elle en s'admirant dans le miroir.

Elle dévale l'escalier et fait son entrée dans la cuisine.

— HAAAAAA! s'écrie sa mère en la voyant.

— Qu'est-ce qu'elle a, ma mère, aujourd'hui? se demande Julie. Elle est bien bizarre.

Puis Julie va au salon.

— HAAAAAA! s'écrie son père en la voyant.

— Qu'est-ce qu'il a, mon père, aujourd'hui? Il est bien bizarre.

Elle remonte vite l'escalier,
se démaquille complètement et
recommence tout. Cette fois, c'est
du jaune qu'elle choisit pour ses yeux,
du violet pour ses joues et du vert
pour ses lèvres. Elle colore ses cheveux
en rouge, met dix-neuf anneaux à
l'une de ses oreilles, dix-sept à l'autre
et deux à son nez.

— Oh! me voilà aussi belle que
DEUX stars de cinéma, dit-elle
en s'admirant dans le miroir.

Elle redescend au salon. Sa mère l'aperçoit et s'effondre, sans dire un seul mot.

Julie va à la cuisine. Son père l'aperçoit et, sans dire un seul mot, s'effondre à son tour.

Soudain, on frappe à la porte : TOC, TOC, TOC, TOC, TOC!

Julie va ouvrir. C'est le facteur qui, sans même ouvrir la bouche, s'effondre lui aussi.

— Misère! s'écrie Julie, qu'est-ce qu'il y a aujourd'hui? J'ai dû faire une erreur de maquillage.

Elle retourne en haut et se démaquille au grand complet.

— Oh, non! dit-elle à son miroir. J'ai dépensé cent dollars et tout ce que j'ai, c'est ma tête de tous les jours. C'est épouvantable. Personne ne me trouvera belle.

Quand Julie redescend à nouveau, sa mère se relève, son père se relève et le facteur se relève aussi.

— Tu as parfaitement réussi ton maquillage! disent-ils tous ensemble. Te voilà VRAIMENT JOLIE.

— MAIS... MAIS... MAIS JE N'AI PAS LE MOINDRE MAQUILLAGE!

Elle galope encore jusqu'en haut et crie à son miroir :
— WOW! JE SUIS BELLE ET JE N'AI MÊME PAS DE MAQUILLAGE!

Puis, se penchant à sa fenêtre,
elle crie :

— MAQUILLAGE À VENDRE!

Toutes les filles du quartier
s'amènent en courant.

— Combien?

— Trois cents dollars, répond Julie.

Les filles courent chercher leurs
économies — les sous qu'elles ont
reçus à leur anniversaire et au jour de
l'An, et les sous qu'elles ont reçus de la
Fée des dents — et elles donnent trois
cents dollars à Julie.

Elles se ruent dans la salle de bains de Julie en criant :

— C'est moi qui serai la plus BEEEEELLE!

Avec l'argent qu'elle vient de faire, Julie rembourse son petit frère, puis avec le reste de l'argent, elle se rend à la friperie pour acheter des tas de vieux vêtements pour...

... SE DÉGUISER!

Maquillage à gogo

En novembre 1984, je devais aller raconter des histoires au Northern Arts and Cultural Center, à Yellowknife, dans les Territoires du Nord-Ouest. Je n'ai pas pu m'y rendre à temps pour le spectacle prévu à cause d'un blizzard qui m'a cloué au sol pendant trois jours sur l'île Victoria, dans l'océan Arctique. Quand j'ai fini par arriver à Yellowknife, j'ai donné en compensation un spectacle où tous étaient les bienvenus. Je me suis retrouvé devant un étrange auditoire composé de très jeunes enfants et de deux adolescentes. Je voulais intégrer une de ces adolescentes dans une histoire, mais mon répertoire ne comportait aucun récit qui s'adressait aux jeunes filles. Alors j'ai inventé une histoire de maquillage, me disant qu'elle plairait à mes deux spectatrices, passablement maquillées toutes les deux. Comme je suis parti tout de suite après le spectacle, je n'ai jamais eu l'occasion de parler à l'héroïne de mon histoire de maquillage. J'ai même oublié son nom.

Quinze ans plus tard, quand j'ai voulu faire un album de cette histoire, j'ai décidé de prendre comme personnage ma fille Julie, grande adepte de peinture faciale et de maquillage pendant toute son enfance. La dernière illustration de l'album, où Julie apparaît déguisée, est tirée d'une photographie. Quand Julie se costumait, elle n'y allait pas de main morte!

— R.M.

131

*Pour Rene Jakubowski et sa famille,
d'Endeavour, en Saskatchewan
— R.M.*

Une maison pour rire

illustrations de **Michael Martchenko**

Un jour, Renée va voir son père.

— Papa, je veux une maison! Nous habitons au fond des bois et, à part mes frères, je n'ai personne avec qui jouer. Il me faut une maison, pour rire…

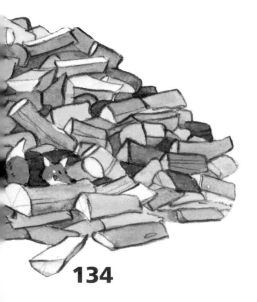

— Bonne idée! répond son père.

Il lui construit une magnifique maison sur deux étages, avec de vraies fenêtres, une vraie glissoire et une vraie échelle. C'est presque une vraie maison, mais pas tout à fait...

Le lendemain, Renée déménage de sa chambre à sa maison. Elle y installe ses choses, et sa maison pour rire a encore plus l'air d'une vraie maison. Elle y dessine des poissons sur les murs, exactement comme dans sa vraie chambre.

Renée est aux anges pendant toute une semaine.
Puis, elle va voir sa mère.

— Maman, est-ce que ma maison pour rire, c'est
une maison de ville ou une maison de ferme?

— Nous vivons sur une ferme, répond sa mère.
Donc, c'est une maison de ferme.

— Alors, il me faut une étable, pour rire...
— Une étable pourquoi? s'étonne sa mère.
— Une étable pour rire, déclare Renée.

— Une étable pour rire! répète sa mère.
Ça n'existe pas!

Mais elle est si gentille, la maman de Renée,
qu'elle construit une petite étable, pour rire.
Deux semaines de travail… et c'est fait!

Renée va chercher ce qu'il lui faut dans
la vraie étable : du foin et quelques poules.
C'est presque une vraie étable, mais pas tout
à fait...

Renée va voir son père.

— Papa, il me faut une vache pour rire.

— Une vache pourquoi? s'étonne son père.

— Une vache pour rire. Ma maison pour rire
doit avoir une étable pour rire, et l'étable
doit avoir une vache, pour rire...

— Une vache pour rire! s'exclame son père.
Ça n'existe pas! Et ton étable n'est pas assez
grande pour une vraie vache.

— C'est vrai, dit Renée. Donne-moi une chèvre et peins-lui des taches de vaches. Comme ça, j'aurai une vache pour rire…

Le père de Renée va chercher une chèvre et la peint, comme une vache. Renée installe sa vache pour rire dans l'étable pour rire. C'est presque une vraie ferme, mais pas tout à fait…

Renée va encore voir son père.

— Ma ferme est perdue au fond des bois, comme la nôtre. Et j'ai besoin d'un tracteur, d'un bulldozer, d'une tronçonneuse et de toutes les grosses machines, comme celles que nous avons. Pourquoi ne places-tu pas les vraies machines près de ma ferme? Comme ça, tu n'aurais rien à fabriquer de plus!

Alors, son papa vient placer le tracteur, le bulldozer, la tronçonneuse et les grosses machines devant la maison de Renée. Pendant tout un mois, Renée s'amuse beaucoup.

Renée va voir sa mère.

— Maman, j'ai une maison pour rire, une étable pour rire, une vache pour rire et un tracteur pour rire… Il me manque un papa et une maman.

— Pour rire? s'étonne sa maman.

— Un papa pour rire et une maman pour rire, affirme Renée.

— Mais, répond la maman de Renée, tu as déjà un vrai papa et une vraie maman.

— Mes vrais parents sont trop malcommodes! dit Renée.

— Ah bon? dit sa mère. Eh bien tant pis, tu n'auras ni papa pour rire ni maman pour rire.

Renée décide alors de découper dans un grand carton une maman pour rire et un papa pour rire, puis elle les colle sur le mur de sa maison. Une fois partie, elle fabrique aussi deux frères, pour rire.

Quand Renée vient souper, elle trouve sur sa chaise un épouvantail.

— Qu'est-ce que c'est, ça? demande-t-elle.

— Ça? répond sa maman. C'est ma Renée pour rire. Elle est toujours gentille, pas malcommode pour deux sous. Si tu veux, il y a un souper pour rire que tu peux aller manger dans ta maison pour rire avec ton papa pour rire et ta maman pour rire.

— Renée pour rire et moi, nous allons jouer dehors, déclare Renée.

La vraie Renée prend la Renée pour rire et la donne à la vache pour rire qui est, en fait, une vraie chèvre, et qui dévore tous les vêtements et toute la paille. En un rien de temps, la Renée pour rire n'existe plus.

Renée entre alors dans la vraie maison et donne un baiser à sa maman.

— C'est un vrai baiser ou un baiser pour rire? demande sa maman.

— Ça, c'est un vrai baiser, de la part d'une vraie petite fille malcommode à une vraie maman malcommode. Est-ce que je peux manger un vrai souper avec ma vraie famille, maintenant?

— Bien sûr, dit sa maman. De toute manière, j'aime bien mieux les vrais enfants malcommodes que les enfants pour rire…

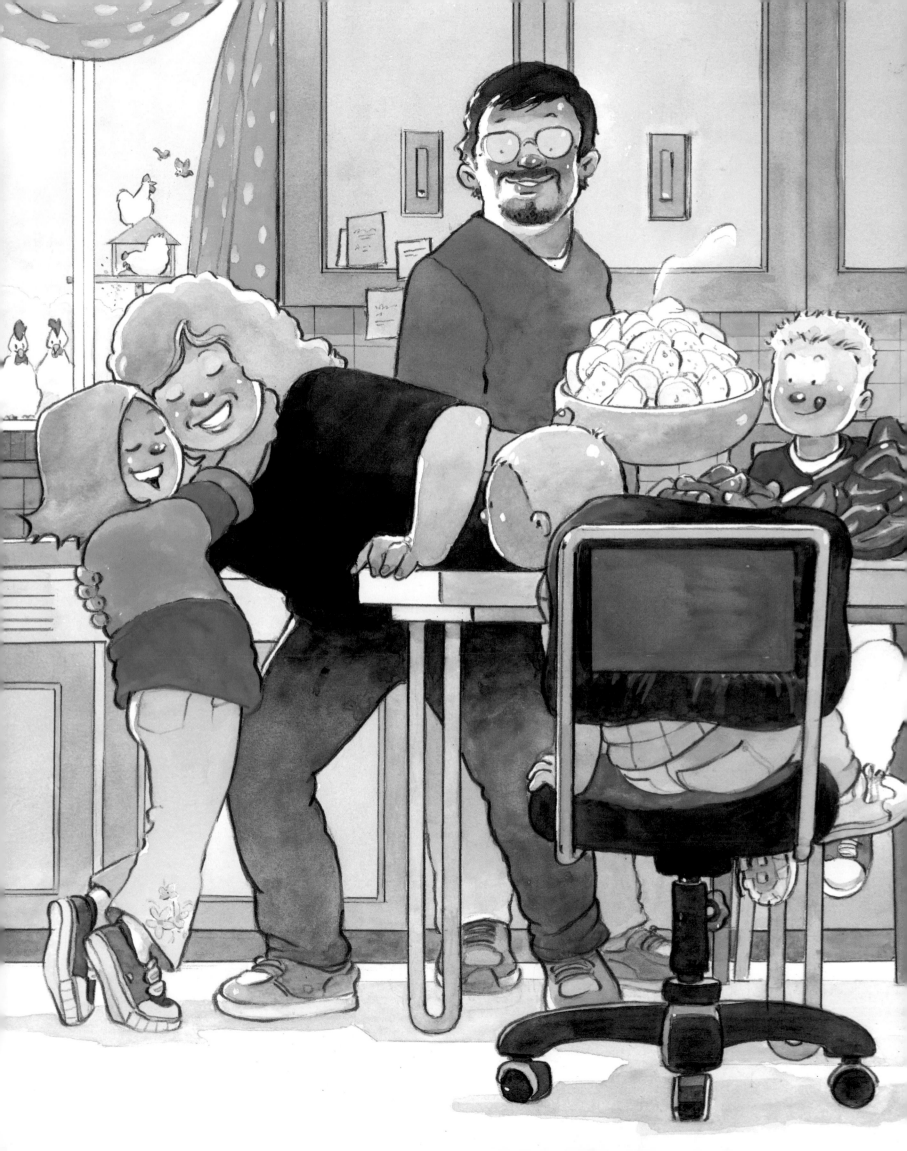

Ce fut un *vrai* souper magnifique!

Une maison pour rire

En 1996, j'ai reçu un paquet de lettres de la classe de deuxième année de l'école d'Endeavour, en Saskatchewan – un bien petit paquet, parce que cinq enfants seulement étaient en classe, ce jour-là. Pourquoi? Eh bien, il faisait moins 50° dehors et la plupart des élèves étaient restés à la maison. Une des lettres était de Rene Jakubowski, qui m'envoyait aussi le joli dessin d'une maison pour rire. Son dessin m'a tellement plu que j'ai imaginé une histoire de maisonnette à son intention. Dans mon récit, elle n'en finissait pas de demander des choses bizarres, comme une grange et un tracteur pour rire. Rene a bien aimé l'histoire et m'a envoyé une photo de sa vraie maison pour rire.

Quelle maisonnette! Deux étages, un balcon et une glissoire! Quand j'avais vu, dans son dessin, une construction à deux étages avec balcon et glissoire, je m'étais dit que c'était une maisonnette imaginaire. Mais pas du tout! C'était bel et bien sa véritable maisonnette qu'elle avait dessinée.

En 1999, j'ai décidé d'aller voir la maison pour rire de Rene. J'EN AI EU LE SOUFFLE COUPÉ!

Dans la ferme de Rene, il y avait des tracteurs, des cultivateurs, des élagueurs, des tronçonneuses et plein d'autres machines. Rene avait également des poissons peints sur les murs de sa chambre. J'ai décidé sur-le-champ de transformer en album mon histoire de maison pour rire. J'ai pris un grand nombre de photos pour les donner à Michael Martchenko, de sorte que tout ce qu'on voit dans l'album est vrai, sauf le ptérodactyle que Michael a caché au milieu d'une volée d'outardes.

— R.M.

163

Poèmes

CALEB

Caleb est fou de ses Lego.
De tous ses jeux, c'est le plus beau.
Il les assemble comme un pro,
toujours de plus en plus haut.
Il les étale sans façon
d'un bout à l'autre de la maison,
sans laisser le moindre recoin
ni pour une souris,
ni pour un chien.
Mais son papa et sa maman
se lamentent de temps en temps
que Caleb aime trop ses Lego
et que ce n'est plus très rigolo.
Mais Caleb est si content
qu'ils ne disent rien, naturellement.
Si on aime Caleb comme il faut,
il faut aimer aussi ses Lego.

Pour Caleb Stratton,
de Ballston Lake dans l'État
de New York.
« Je crée des trucs folichons
avec mes Lego. »

166

L'OMBRE DE JAYNA

Mon ombre au petit matin,
s'étire jusqu'au bout du chemin.
Mais quand se pointe le midi,
elle a trop chaud et raccourcit.
Elle s'étend encore à l'heure du souper,
pour paraître longue et effilée.
La nuit tombée, elle s'ouvre
comme un grand voile
pour laisser entrer les étoiles.

*Pour Jayna, qui voulait un poème
sur son ombre.*

FRÉDÉRIQUE DE FLIN FLON*

Frédérique de Flin Flon
collectionnait les cailloux ronds.
Elle en avait vraiment beaucoup,
dans l'armoire et tout partout.
Sa mère, qui en avait assez,
a essayé de les jeter;
mais Frédérique de Flin Flon,
en colère a dit « non, non et non! »
Maintenant, elle collectionne
les grosses pierres,
 au grand désespoir de sa mère!

*Pour Terry Lynn Haffich,
de Flin Flon au Manitoba.
« Je collectionne toutes sortes
de pierres bizarres. »*

168

L'ÉCOLE OÙ L'ON NE COULE JAMAIS

Notre école se trouve au bord de l'océan.
C'est vraiment génial, sauf que de temps en temps
des crabes viennent nous mordiller les pieds
pendant l'heure du dîner.
Hier notre enseignante, qui s'était épuisée
à faire des corrections toute la soirée,
s'est fait manger tout rond
par un requin glouton.
Malgré ce petit incident, nous raffolons
toujours de l'océan
car, même si elle était amusante,
nous n'aimions pas vraiment
notre enseignante.

Pour les élèves de l'école Navesink,
d'Atlantic Highlands au New Jersey.

L'HIVER

Le rude hiver du Canada
n'est vraiment pas si dur que ça.
Je connais même un petit gars
qui dit n'avoir jamais senti le froid.
Et pas plus tard que l'an dernier,
sous la glace, à Ottawa,
on a repêché deux survivants
qui trouvaient l'hiver fort amusant.
Donc, s'il y a de la glace ou de la neige,
n'allez surtout pas vous enfermer.
Sortez! N'ayez pas peur des flocons!
Vous trouverez ainsi l'hiver beaucoup
plus folichon.

*« J'ai écrit ce poème pour mes enfants
pendant un hiver très froid. »*

PICO, LE CHIEN DE MARGOT*

Mon papa n'aime pas mon chien Pico.
Il souhaiterait qu'il soit plus beau.
Il préférerait qu'on ait un chiot
sans taches ni « picots ».
Mais moi, je raffole de mon chien
même si c'est un dalmatien!
Ce serait triste qu'il ne soit pas là.
Mais s'il faut absolument faire un choix,
alors débarrassons-nous de papa!

Pour Chelsea Mairs, de Ballston Lake dans l'État de New York.
« J'ai un basset qui s'appelle Pico mais mon père ne l'aime pas. »

JEANNETTE AU POINT DU JOUR

Tandis qu'au point du jour apparaît le soleil,
Jeannette aux joues vermeilles
bondit dans l'herbe tendre où chatoie l'arc-en-ciel
et se roule dans un lit de boutons-d'or.
Dans l'aube au goût de miel,
elle mouille de rosée sa chemise en dentelle
jusqu'à ce qu'un arôme de galette et de café,
vienne lui chatouiller le bout du nez.
Tout en batifolant, Jeannette accourt alors
et frissonnant de froid dans la cuisine,
laisse tomber rosée, brins d'herbe et boutons-d'or.
Dans la pièce ensoleillée aux arômes invitants,
sa mère s'écrie, en la voyant : « C'est la fée du printemps! »
Elle pose sur sa joue un baiser printanier
qui sent les vers de terre et les cheveux mouillés.

Pour Jeannette qui voulait un poème sur
le printemps.

172

BONNE NUIT

Bonne nuit, toi dont les yeux se ferment déjà!
Que des rêves charmants égayent ton sommeil
de bonbons, nougats et chocolats
pendant que sur toi les anges et les lutins veillent.

Pour Andrew et Tyya Munsch, de Guelph en Ontario.

* *Afin de faciliter la rime, les Éditions Scholastic ont pris la liberté de changer le prénom des enfants en français.*

173

Robert Munsch

Vous racontez toujours vos histoires aux enfants avant de les transformer en albums. Qu'arrive-t-il quand vous décidez qu'une histoire est prête à devenir un album?

Presque tous mes livres parlent d'enfants qui existent vraiment. Alors, quand une histoire est suffisamment mûre pour devenir un album, j'écris à l'enfant qui me l'a inspirée : « Envoie-moi des photos de toi, de tes animaux familiers, de ton école ou toute autre chose qui, selon toi, pourra m'aider à produire le livre. » Certains éléments de mes récits sont donc basés sur de vraies photos, et le personnage principal ressemble toujours à l'enfant dont je racontais l'aventure avant de l'écrire. Puis, je vais voir l'illustrateur et nous discutons de l'histoire. Lors de cette rencontre-là, le récit se transforme parfois : l'art permet, en effet, d'ajouter par l'image des détails qu'une histoire racontée à haute voix ne peut pas contenir. L'artiste produit alors en couleurs toute la partie visuelle de l'album et, à partir de ce moment-là, pas question de changer le moindre détail de mon récit qui aille à l'encontre des illustrations. Je peux encore le transformer d'autres façons, cependant. D'ailleurs je continue à le faire évoluer le plus longtemps possible. Finalement, pendant la dernière séance de travail avec mon réviseur, nous passons en revue les mots et les illustrations une dernière fois, et il y a TOUJOURS des changements.

Aviez-vous une « maison pour rire » dans votre enfance?

Quand j'étais enfant, je vivais dans une ferme immense avec mes cinq frères et mes trois sœurs. Nous avions une balançoire en corde suspendue à un gros arbre, où les plus grands poussaient les plus petits pas mal haut. Il y avait aussi une « maison pour rire », divisée en deux parties sous un grand toit, ce qui nous donnait pas mal d'espace pour jouer. Nous y avions aménagé un carré de sable et un gril pour faire cuire des hot-dogs. Mais le plus intéressant, c'est qu'il y avait deux treillages auxquels on grimpait pour atteindre le toit. « La maison pour rire » était mon endroit préféré pour jouer. Ça me plaisait même de m'y retrouver tout seul, surtout s'il pleuvait.

Avec autant de frères et sœurs, deviez-vous partager beaucoup de choses quand vous étiez enfant?

Comme j'avais cinq frères et trois sœurs, nous partagions vraiment tout. Les six gars de la famille se suivaient tous de près et nous partagions les vêtements, la nourriture et tout le reste aussi. J'avais des problèmes à l'école à force de trop partager. On n'est pas censé partager les vêtements et la bouffe les uns des autres à l'école… Quel drôle d'endroit!

Quelle est la pire coupe de cheveux que vous ayez jamais eue?

Les coupes de cheveux étaient un peu bizarres quand j'étais petit. Comme il y avait six garçons qui se suivaient dans la famille, ma mère a acheté une tondeuse à cheveux pour économiser, et elle nous coupait à tous les cheveux en même temps. Mais elle ne prisait pas les coupes de fantaisie! Elle nous tondait les cheveux à ras, si bien que nous avions tous l'air d'être chauves quand elle avait fini. C'était bien pour elle, parce qu'elle n'avait pas à nous recouper les cheveux avant un bon bout de temps. Elle attendait que nous ayons la tignasse hirsute et que nous ressemblions à des chiens-bergers anglais avant de nous aligner à nouveau et de nous remettre la boule à zéro. La tignasse de Max me rappelait la mienne, quand j'étais petit, mais jamais sa mère ne l'a tondue complètement comme le faisait ma mère!

C'est votre fille Julie qui vous a inspiré *Maquillage à gogo*. Est-elle toujours aussi férue de maquillage?

Julie a toujours aimé le maquillage. Quand elle était petite, elle n'en finissait pas de barbouiller son visage et celui de son petit frère, Andrew, avec de la peinture ou du maquillage pour enfants. En vieillissant, elle a découvert le rouge à lèvres et l'ombre à paupières, et là, ça a été la folie furieuse : elle passait des heures à se maquiller! J'espérais un peu que mon histoire à gogo lui ferait surmonter sa *maquillomanie.* Mais non! À trente ans, elle aime encore ça tout autant qu'avant!

Grimpez-vous toujours aux arbres?

J'adorais ça quand j'étais petit. Il poussait un grand nombre d'espèces dans notre cour, alors c'était l'endroit idéal. Il y avait de petits cerisiers aux branches tordues auxquels même un enfant de deux ans pouvait grimper. Il y avait aussi des pommiers, des poiriers et des pêchers, parfaits pour les gamins de six ans, et d'autant plus agréables à escalader quand ils regorgeaient de fruits! Certains soirs, je n'avais pas besoin de souper… En plus, il y avait les érables, les chênes et les tulipiers, très hauts et difficiles d'accès, beaucoup plus grands que la maison. Malgré mes 61 ans, je monte encore aux arbres aujourd'hui, et même aux gros pins blancs, des arbres *réellement terrifiants* à escalader.

Michael Martchenko

Vous rappelez-vous votre première journée d'école?

Je me rappelle ma première journée d'école au Canada quand ma famille est venue de France. L'enseignante m'a donné une boîte de craies de cire, que je n'avais pas à partager avec quiconque. Jamais je n'avais eu mes propres craies jusque-là. Les enseignants nous donnaient aussi des livres dans lesquels on pouvait écrire et dessiner et, chaque matin, ils nous servaient du lait, gratuitement. Je me souviens de la fois où j'ai brisé une craie. J'étais sûr qu'on allait me chasser de l'école! Mais non, ça n'a dérangé personne.

Vous amusiez-vous à vous déguiser quand vous étiez petit?

Avec mes amis, à Brantford, on jouait souvent à faire semblant. Selon les jours, on devenait des cow-boys, des soldats, des chevaliers ou des officiers de cavalerie. Une fois qu'on se prenait pour des parachutistes, on a sauté du haut d'une clôture vraiment haute! On se bricolait des casques avec des morceaux de tuyaux et on dessinait des dragons sur des boucliers en carton. On fabriquait des épées avec du bois et on avait des arcs avec lesquels on lançait des flèches sur la porte du garage – cette porte était tellement criblée de trous qu'on aurait dit une cible à fléchettes. C'est au cinéma, les fins de semaine, qu'on trouvait les idées pour ces jeux, dans les films de John Wayne, en particulier. Une seule famille avait un téléviseur dans le quartier. Alors, tous les samedis matin, on était un bon groupe de gamins à envahir la maison pour voir les dessins animés, et à filer ensuite au cinéma pour regarder des films tout l'après-midi. Encore surprenant qu'on n'ait pas fini par avoir les yeux carrés… En plus, j'aimais écouter des émissions de radio – des histoires de cow-boys ou d'avions, des trucs de gars de ce genre-là – tout en dessinant au crayon dans mon cahier d'école.

Grimpiez-vous souvent aux arbres dans votre enfance?

En fait, on grimpait aux poutres transversales qu'il y avait dans notre grange. Le sol était couvert d'une montagne de grains, et on traversait la grange d'un bout à l'autre en marchant sur ces immenses poutres rugueuses, avant de nous laisser tomber dans le tas, quatre mètres plus bas. C'était presque comme sauter dans du sable doux, sauf que les grains se glissaient dans nos vêtements et nous donnaient des démangeaisons. Puisque le grain servait de nourriture au bétail, le tas diminuait au fur et à mesure, de sorte que nos sauts étaient de plus en plus vertigineux. On atteignait les poutres en escaladant les bottes de foin, et il faisait très chaud là-haut! Il y avait des échelles partout, et des câbles pour se balancer.

Dans mes premiers temps au Canada, je grimpais aussi aux arbres fruitiers dans le verger de mon oncle et de ma tante. Entouré de toutes les cerises, les pêches et les poires que je pouvais désirer, j'étais au septième ciel.

Aviez-vous une maison pour rire, comme Renée?

Pas vraiment. Quand je vivais à Brantford, trois copains et moi avions bâti un hangar derrière la maison de l'un d'entre eux avec des retailles de bois – un simple appentis, en fait, mais nous y passions tout notre temps. Nous avions fabriqué une porte en utilisant des lanières de cuir en guise de pentures, et des lanternes avec des pots de confiture. L'intérieur était tapissé de carton. Nous ne pouvions pas nous tenir debout, mais c'était notre « cabane au pôle Nord ».

Avez-vous déjà mangé des pérogies, comme ceux dont se régalent Renée et sa famille à la fin du récit?

Bien sûr! Ma famille est ukrainienne, et ma mère préparait toujours des quantités de pérogies. Nous les accompagnions d'oignons frits, de beurre fondu et de crème sure. Mon beau-père et moi faisions des concours pour savoir qui en mangerait le plus.

Où avez-vous pris l'idée des poulets et des autres animaux qui se font la cour, comme dans *Une maison pour rire* et d'autres albums?

Les idées me viennent tout simplement à l'esprit. Je pense que c'est rigolo, et les enfants trouvent ça rigolo, eux aussi. Il faut s'arranger pour que l'histoire soit intéressante visuellement. Dans la ferme où j'ai grandi, il y avait des poulets, des cochons et des vaches.

Travailler avec Robert Munsch, c'est comment?

Robert est un type très sympathique et nous travaillons vraiment bien ensemble. Parfois je lui soumets des éléments visuels qui ne font pas partie du récit et alors nous cherchons ensemble à les y intégrer. Je prends certaines libertés et il les laisse passer.

Alan et Lea Daniel

Est-ce que vos cheveux vous ont déjà causé des problèmes?

Alan : La première fois que Lea m'a coupé les cheveux avec une tondeuse a été plutôt désastreuse – elle m'a arraché de grosses touffes de cheveux et, pendant environ un mois, j'ai dû vivre avec une mèche rebelle.

Lea : Il m'est arrivé, une fois, de subir un traitement médical alors que j'avais les cheveux teints. Et l'anesthésie les a rendus *mauves*! Je les ai fait teindre de nouveau, mais il a fallu attendre six mois avant qu'ils retrouvent une apparence normale.

Où avez-vous pris l'idée de cette tortue qui rampe à travers les pages de *La tignasse de Max*? Est-ce que vous avez beaucoup d'animaux familiers à la maison?

Alan : L'idée est née dans mon esprit tordu – c'est un jeu de mots qui renvoie à la fable *Le lièvre et la tortue*. En anglais, « lièvre » se traduit par *hare* et « cheveu », par **hair**. Or, *hare* et *hair* se prononcent de la même façon. Oui, nous avons eu pas mal d'animaux familiers au fil des ans, à peu près tous les animaux imaginables, en fait! Des chiens, des chats, des vers de terre et des cochons d'Inde. Aujourd'hui, nous sommes les grands-parents de deux petits chiens et d'un petit chat.

Lea : Par contre, nous n'avons jamais eu de tortue.

La tignasse de Max se passe à Guelph. Êtes-vous allé là-bas pour trouver des idées et rencontrer des policiers?

Alan : Il a bien fallu aller vérifier de quoi avaient l'air le centre-ville et la statue, et j'ai également pris des photos pour pouvoir m'y référer plus tard. Je voulais aussi voir à quoi ressemblait l'uniforme de la police de Guelph! Et oui, j'ai parlé à quelques agents – l'un d'eux ressemble étrangement à un policier de l'histoire. J'ai même dû user d'une petite ruse : j'ai pris quelques photos des policiers *avant* d'engager la conversation avec eux.

Alan, avez-vous déjà laissé pousser votre barbe aussi longue que celle du papa de Max?

Alan : Pas aussi longue, mais assez, tout de même, pour que des enfants me prennent pour le père Noël. Je portais une veste rouge et les jeunes me montraient du doigt au restaurant. Et là, je faisais : « Ho, ho, ho! ». Sauf qu'à un moment donné j'ai effrayé une petite fille – il se trouve qu'elle avait peur du père Noël.

Lea, comment réagiriez-vous si Alan décidait de se laisser pousser une énorme barbe broussailleuse?

Lea : Il n'en est pas question! Mais comme Alan ne pense pas toujours à se tailler la barbe, ça pourrait bien arriver.

Qui fait quoi quand vous travaillez ensemble à un projet?

Lea : Tout dépend de l'album à illustrer et du travail que chacun de nous a à faire en dehors du projet en question.

Alan : Il nous arrive souvent de travailler ensemble à une même page, mais il faut aussi tenir compte de la technique utilisée. Dans ce livre-ci, les contours sont tracés au crayon, dans divers tons de bruns, et j'en ai fait un bon bout tout seul avant que nous commencions à nous passer les dessins l'un à l'autre. J'aime les peintures à base d'eau, comme la gouache et l'aquarelle, tandis que Lea préfère les acryliques – elle passe son temps à en ajouter en catimini! Nous ne sommes pas sensibles aux mêmes choses, et nous apprenons beaucoup l'un de l'autre.

Qu'est-ce qui vous paraît le plus étrange quand vous faites équipe ensemble?

Lea : Nous avons des horaires très différents. Alan se réveille à cinq heures du matin – et même plus tôt –, alors que je travaille souvent très tard.

Alan : Nous nous croisons parfois au petit déjeuner. La nuit dernière, Lea a écrit jusqu'à cinq heures et je me suis levé à quatre heures et demie.